Birgit Utermarck

Weihnachtsmann und Winterbär

Fensterbilder zur Weihnachtszeit

Weihnachtsmann und Winterbär

Seit mehr als 30 Jahren steht der Name „Christophorus“ für kreatives und künstlerisches Gestalten in Freizeit und Beruf.

Genauso wie dieser Band ist jedes Christophorus-Buch mit viel Sorgfalt erarbeitet: Damit Sie Spass und Erfolg beim Gestalten haben – und Freude an schönen Ergebnissen.

Christophorus

Bücher mit Ideen

Birgit Utermarck

Weihnachtsmann und Winterbär

Fensterbilder zur Weihnachtszeit

Mit Vorlagen in Originalgröße

Christophorus

Inhalt

Fröhliche Weihnachtszeit

Liebenswerte Weihnachtsfiguren zeigen sich auf den Fensterbildern des vorliegenden Buches von einer ungewohnten Seite, so kommt der moderne Weihnachtsmann auf dem Fahrrad angeradelt, und ein Engel trägt die Weihnachtssterne selbst herbei. Auch einige Tiere entwickeln überraschende Fähigkeiten - Bären spielen Festmusik, der Rabe läuft Schlittschuh und drei Pinguine diskutieren angeregt. Neben diesen fröhlichen Motiven werden noch viele weitere Bilder zur Weihnachts- und zur Winterszeit vorgestellt, die alle eines gemeinsam haben: ihre auffallend lebendige und plastische Wirkung. Sie wird erreicht durch die Verwendung von unterschiedlichen Werkstoffen. Bei vielen Fensterbildern wird das Grundmaterial Tonkarton und Tonpapier mit farbiger Wellpappe kombiniert, deren Rillenstruktur einen reizvollen Gegensatz zu der glatten Oberfläche von Karton und Papier bildet. Garne, Bindfäden, Bänder, Bast und Borsten sowie kleine Stoffteile sind eine interessante Erweiterung der Gestaltungsmöglichkeiten von Fensterbildern und erzielen ausdrucksvolle Effekte.

Es werden Beispiele mit einfachen Formen gezeigt, die auch schon von Kindern nachgearbeitet werden können, andere haben einen schwierigeren Aufbau, der sich eher für Fortgeschrittene eignet. Einige Motive wurden in verkleinerter und vereinfachter Form noch einmal als Kartenschmuck gestaltet, eine Anregung, die sich leicht auf weitere Bilder und Bildteile übertragen läßt. Dafür befinden sich im Innenteil des Buches noch einige Motivzeichnungen in geeigneter Größe, die natürlich auch als Geschenkanhänger gestaltet werden können.

Das Material

Das Papier

Tonkarton und *Tonpapier* sind die Hauptbestandteile aller Fensterbilder. Sie unterscheiden sich durch ihre Stärke bzw. ihr Gewicht, das in Gramm pro Quadratmeter gemessen wird. Tonpapier ist in einer Stärke zwischen 90–150 g/qm erhältlich, Tonkarton wird ab 250 g/qm angeboten, er eignet sich wegen seiner Stabilität für alle Rahmenkonstruktionen und größeren Motivteile. Für kleinere Details läßt sich Tonpapier gut einsetzen. Beide Materialien sind in der Papiermasse durchgefärbt, sie bleichen aber dennoch bei längerer Sonneneinwirkung aus.
Lichtbeständiger ist speziell eingefärbtes Tonzeichenpapier, z.B. *Canson*. Mit einem Gewicht von 160 g/qm ist es stärker als Tonpapier und kann alternativ zu diesem, aber auch zu Tonkarton eingesetzt werden. Canson zeichnet sich durch sehr schöne Farben und eine körnig geprägte Oberfläche aus.
Für die Gestaltung besonderer Effekte werden *Goldfolie*, ein beidseitig mit Metallfolie kaschiertes Material, und *Transparentpapier* verwendet.

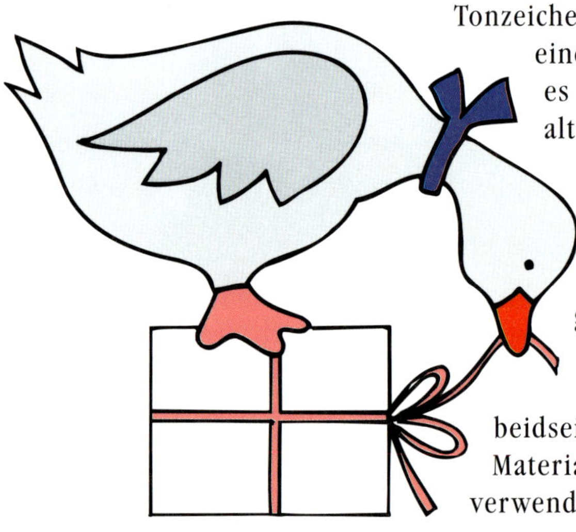

Die Mikro-Wellpappe

Vielen Fensterbildern dieses Buches verleiht die Mikro-Wellpappe die gewünschte plastische Wirkung. Dieses feinwellige Material unterscheidet sich erheblich von der als Verpackungsmaterial bekannten einfachen Wellpappe. Es besitzt eine große Stabilität und Druckfestigkeit und ist in vielen leuchtenden Farben, neuerdings auch in Gold und Silber, erhältlich.

Die textilen Materialien

Kleine Bildteile wie Schals und Tücher können bei Fensterbildern auch aus *dichtgewebten leichten Baumwollstoffen* mit einer möglichst kleinen Musterung gefertigt werden.
Verschiedene Garne, darunter *Stickgarnfäden* aus Baumwolle oder Leinen und *dünne Bindfäden* lassen sich wirkungsvoll einsetzen, ebenso natürliche und synthetische *Bastfäden* oder auch *Borsten* von einem Handfeger. Farbige und goldene *Geschenkbänder* können ebenfalls als dekorative Schmuckteile verwendet werden.

Zur Technik

Auf dem Vorlagenbogen befinden sich alle Motive für die Fensterbilder in Originalgröße. Die Vorlagenzeichnungen für die Grußkarten sind im Innenteil des Buches abgebildet.

Das Übertragen der Vorlagen auf Papier

A. Mit *Bleistift und Kohle- bzw. Schneiderkopierpapier* lassen sich die Motive direkt auf Tonkarton oder Tonpapier durchpausen. Die dabei entstehenden Linien beim Ausschneiden der Bildteile unbedingt mit wegschneiden, da sie sich nicht ausradieren lassen.
B. *Transparentzeichenpapier* kann auf die Vorlage gelegt und das Motiv mit einem Bleistift (HB) durchgezeichnet werden. Auf der Rückseite des Transparentpapiers alle Konturen mit einem weichen Bleistift (2B) nachfahren. Das Papier mit der Rückseite nach unten auf Tonkarton oder Tonpapier legen und die Linien noch einmal mit einem harten Bleistift durchdrücken. Dabei ist es wichtig, das Papier und das jeweilige Werkmaterial mit Klebefilm oder Heftklammern so zusammenzuhalten, daß sie gegen Verschieben gesichert sind. Mit dieser Methode lassen sich auch die Vorlagen aus dem Innenteil des Buches übertragen.

Das Vorbereiten der Bildteile aus Stoff

Die unter B beschriebene Methode eignet sich auch gut für die Übertragung kleiner Motivteile auf Stoff. Die Vorlage muß jedoch auf die Rückseite des Stoffes übertragen werden. Das geht problemlos, da die betreffenden Motive seitengleich sind.
Die Vorlage so auf den Stoff legen, daß der eingezeichnete Pfeil mit dem Fadenlauf des textilen Werkmaterials übereinstimmt. Damit die Stoffteile beim Anbringen (Knoten) auf das Fensterbild nicht ausfransen, den Stoff vor dem Ausschneiden mit *schnelltrocknendem Holzleim* (z.B. UHU coll express) vorbehandeln. Den Klebstoff auf der Stoffrückseite entlang der Bleistiftlinien dünn auftragen und die späteren Schnittstellen damit verkleben. Die getrockneten Motivteile mit einer *Stoffschere* ausschneiden.

Das Schneiden

Gute Werkzeuge sind die Voraussetzung für sauber ausgeführte Papierarbeiten. *Scharfe Scheren* in verschiedenen Größen gehören zur Grundausstattung. Bei vielen Motiven verhilft ein *Papiermesser*, der sogenannte *Cutter* mit

auswechselbarer Klinge, zu guten Ergebnissen. Für lange, gerade Linien ist ein Metallineal hilfreich, an dem der Cutter entlanggeführt wird. Für Rundungen und Innenformen eignet sich ein *Grafikermesser* mit spitzer Klinge besonders gut. Beide Schneidemesser am besten nur auf einer schnittfesten Unterlage, z.B. einer festen Pappe verwenden. Kinder sollten Cutter und Grafikermesser nicht benutzen, sondern mit einer Schere, eventuell mit abgerundeten Spitzen, arbeiten.
Beim Schneiden der Mikro-Wellpappe muß immer auf den Verlauf der Rippen geachtet werden. Doppelte Lagen dabei so aufeinanderlegen, daß die Rippen ineinanderfassen und sich nicht verschieben können. Bei einigen Arbeiten sind ein *Bürolocher*, gelegentlich eine *Lochzange* bzw. ein Locheisen notwendig.

Das Fertigen von Fensterbildern

Das Zuschneiden der Teile

Damit die Fensterbilder von außen und von innen attraktiv wirken, müssen sie zweiseitig gearbeitet werden. Ein großer Teil der Bildelemente wird also doppelt angefertigt. Dies gilt auch für alle Rahmenkonstruktionen, die dadurch eine bessere Stabilität erhalten.
Die gewünschten Motive dazu aus Doppellagen von Tonkarton, Tonpapier, Canson oder Wellpappe ausschneiden. Dabei die Werkstücke mit Heftklammern zusammenhalten, damit sie sich während des Schneidens nicht verschieben.

Das Zusammenfügen der Bildelemente

Für das Kleben von Papieren bei den Fensterbildern empfehlen sich Alleskleber (z.B. UHU extra) und flüssiger Klebstoff (z.B. UHU flinke flasche), für das Montieren von Stickgarnen und das Anbringen der Stoffteile ist Holzleim (Weißleim, z.B. UHU coll express) gut geeignet.
Die Mikro-Wellpappe läßt sich ebenfalls mit Weißleim verarbeiten.

Zeichnung 1

Bei größeren Flächen ist ein Kraftkleber (z.B. UHU Alleskleber Kraft) nützlich. Vor dem Zusammenfügen der Figuren alle ausgeschnittenen Teile an die vorgesehenen Stellen legen und die Wirkung des Bildes überprüfen. Zunächst die großflächigen Teile mit Klebstoff befestigen, dann die kleinen Einzelteile anbringen.

Tip: Es ist ratsam, beim Aufkleben der Teile nur wenig Klebstoff zu verwenden und ihn etwas hinter der Schnittkante anzusetzen. So kann beim Andrücken nichts hervorquellen, und die Ränder stehen plastisch ab. Der Klebstoff läßt sich dabei mit einem kleinen Pappstück gleichmäßig verstreichen.

Das Anbringen der textilen Materialien

Zeichnung 2

Auf einigen der hier gezeigten Fensterbilder finden sich bei den Figuren Haare aus Stickgarnfäden und Tücher aus Stoff. Für diese Bildteile zunächst nur die Grundform aus Papier anfertigen (Zeichnung 1). Dann die Fäden für die Haare in der gewünschten Anzahl und Länge zuschneiden und so am Kopf befestigen, daß die Enden lose herabhängen und sich bei Bedarf nachschneiden lassen (Zeichnung 2). Zuletzt die Klebestellen mit den angegebenen Bildelementen (z.B. Stern, Hut oder Mütze) abdecken.

Die Motivteile aus textilem Material immer erst ganz zum Schluß an dem Fensterbild anbringen. Bei den Bildern mit Rahmenkonstruktion die komplette Figur zum Schluß so am Rahmen befestigen, daß sich ein stabiles Bildgefüge ergibt (Zeichnung 3).

ANMERKUNG:

Scheren, Alleskleber und Holzleim (Weißleim) sind für jede der vorgestellten Arbeiten nötig, sie werden daher nicht jedesmal eigens erwähnt.

Zeichnung 3

Glockenwichtel

Vorlage
Motiv A

Material
- *Tonkarton in Weiß, Rot, Blau*
- *Canson in Rosé*
- *Mikro-Wellpappe in Gold*
- *Goldfolie*
- *naturfarbenes Leinen- oder Baumwoll-stickgarn*
- *dünner Bindfaden*
- *schwarzer Filzstift*
- *roter Wachs-malstift*

- *Kraftkleber*

1 Den Glockenturm aus weißem Tonkarton doppelt anfertigen und beide Teile deckungsgleich aufeinanderfügen.

2 Aus goldfarbener Mikro-Wellpappe die Glocke zweifach zuschneiden und mit Streifen aus Goldfolie versehen. Bevor Vorder- und Rückseite der Glocke gegeneinandergeklebt werden, in der Mitte einen Bindfaden von ca. 30 cm Länge anbringen. Nur den seitlichen Glockenrand jeweils mit Kraftkleber (Gebrauchsanweisung beachten) einstreichen und die Teile zusammendrücken. In die untere Öffnung von beiden Seiten einen Klöppel aus Goldfolie einschieben und am Bindfaden befestigen. Die Glocke am Querbalken des Turmes anknoten.

3 Für den Wichtel Jacke, Mütze, Hose und Stiefel aus rotem und blauem Tonkarton, Kopf und Hände aus roséfarbenem Canson doppelt herstellen. Die Figur, noch ohne die Mütze, der Vorlage entsprechend gestalten.

4 10 Stickgarnfäden von etwa 3,5 cm Länge für die Haare zuschneiden und auf den Hinterkopf kleben. Die Klebestellen mit der Mütze abdecken.

5 Den Wichtel so auf dem Rahmen anbringen, daß das Glockenseil durch die Hände hindurchläuft (s. Vorlage), dabei die rechte Hand um den Bindfaden abknicken. Die Rückseite des Wichtels entsprechend ergänzen.
Die Augen mit schwarzem Filzstift zeichnen und die Wangen mit rotem Wachsmalstift betonen.

Winterbären

Vorlage

Motiv B1, B 2, B 3

Material

- *Tonkarton in Ocker, Rot, Beige, Schwarz, Rot*
- *Canson in Grün, Dunkelbraun, Rosé*
- *Bristolkarton in Weiß*
- *Goldfolie*
- *naturfarbenes Leinen- oder Baumwollstickgarn*
- *schwarzer Filzstift*

- *Grafikermesser*

1 Sämtliche Bildteile für die drei Bären doppelt ausschneiden.

2 Zunächst die Instrumente fertigen: Beim Baß die geschwungenen Schalllöcher herauslösen (Grafikermesser!) und mit beigefarbenem Tonkarton hinterkleben. Die drei Saiten aus Stickgarn oben und unten befestigen, am Hals mit der Schnecke, unten mit dem spietzen Saitenhalter überkleben, mit Wirbel und Steg vervollständigen. Bei der Geige die Saiten aus Stickgarn entsprechend anbringen, am Geigenbauch ein kleines Kreissegment über die Fadenenden kleben. Die doppelt geschnittenen Teile des Blasinstruments aus Goldfolie deckungsgleich aufeinanderfügen, beidseitig die untere Öffnung mit einem beigefarbenen Oval betonen.

3 Für den Geigenspieler den Kopf auf den Rumpf kleben und die beiden Hosenbeine anbringen, das linke über das rechte legen. Die Füße ergänzen. Die beiden Teile der grünen Weste befestigen, dabei die Hosenträger unterschieben. Darüber den weißen Schal montieren, die Enden lose lassen. Den Kopf mit einer Schnauze aus beigefarbenem Tonkarton und roséfarbenen Ohrmuscheln versehen. Augen, Nase und Maul mit Filzstift zeichnen, die Mütze mit weißem Bommel und Besatz anbringen. Den linken Arm von hinten am Körper befestigen (s. Vorlage). Die Geige unter den Kopf und in den Armschlitz schieben und festkleben. Den rechten Arm mit nur einem Punkt Klebstoff so anbringen, daß der Finger die Saiten zupft.

4 Bei dem Bassisten Kopf und Hose mit beiden Füßen am Rumpf befestigen, dabei die Hosenträger mit einstecken. Den Schal ergänzen, die Enden lose lassen. Gesicht und Mütze wie bei dem Geigenspieler gestalten.

5 Den Bläser aus Kopf, grüner Jacke mit roten Knöpfen, roter Hose und Füßen zusammensetzen. Den weißen Schal ergänzen. Beide Ärmel anbringen (s. Vorlage). Dabei den rechten Ärmel mit dem Unterarm von hinten am Körper befestigen. Das Instrument einfügen und mit den Tatzen bekleben. Den Kopf mit beigefarbener Schnauze und Ohrmuscheln in Rosé gestalten. Die schwarze Nase aufkleben und das Auge einzeichnen. Dem Bären weiß-rote Ohrenwärmer aufsetzen. Die Rückseiten der Figuren entsprechend gestalten.

Weihnachtsmann auf dem Fahrrad

VORLAGE

Motiv C

MATERIAL

- *Tonkarton in Rot, Hellgrün, Weiß*
- *Canson in Rosé, Dunkelgrün, Orange, Braun*
- *Mikro-Wellpappe in Weiß, Grün, Blau, Gold*
- *schwarzer Filzstift*
- *roter Wachsmalstift*

1 Aus hellgrünem Tonkarton den Fahrradrahmen und aus dunkelgrünem Canson die Räder doppelt ausschneiden. Vor dem Auseinandernehmen die Radteile markieren, dann deckungsgleich aufeinanderfügen. Die Rahmenteile von beiden Seiten dagegenkleben.

2 Die Bildteile für den Weihnachtsmann aus Tonkarton, Canson und Wellpappe zweifach anfertigen. Nur den Tannenbaum und das blaue Paket einfach schneiden.

3 Kopf und braune Stiefel von hinten am Körper befestigen. Die Mütze aufkleben, den Pelzbesatz und Bommel aus Wellpappe ergänzen. Beide Bartteile unter den Nasenschlitz schieben und mit wenig Klebstoff befestigen.

4 Die Figur und den braunen Sack auf das Rad montieren (s. Vorlage). Den linken Arm mit einem Punkt Klebstoff auf dem Mantel befestigen, den rechten Arm von hinten an den Körper kleben. Beide Hände fassen das Lenkrad. An Mantelsaum und Ärmeln den weißen Besatz anbringen.

5 Den Sack mit Tannenbaum und Paket vervollständigen und das goldene Band, Lampe und Radnaben ergänzen. Den doppelt geschnittenen Bären aus orangefarbenem Canson mit der Manteltasche zusammen aufkleben. Die Nase des Weihnachtsmannes mit rotem Wachsmalstift betonen, seine Augen und das Bärengesicht mit schwarzem Filzstift zeichnen.

6 Die Bildrückseite ergänzen. Beim Aufkleben des Kopfes die Nase erst mit Klebstoff versehen, nachdem die Bartteile eingeschoben worden sind.

Motiv d

Die Heiligen Drei Könige

VORLAGE

Motiv D

MATERIAL

- *Tonkarton in Ocker, Gelb, Dunkelblau*
- *Canson in Rosé, Rot, Grün, Dunkelbraun, Schwarz*
- *schwarzer Filzstift*
- *Lochzange*

1 Den Rahmen aus ockerfarbenem Tonkarton zweifach fertigen und beide Teile deckungsgleich aufeinanderfügen.

2 Für die Figuren alle Bildelemente mit Ausnahme der beiden runden Gefäße doppelt ausschneiden.

3 Bei allen drei Figuren den Kopf von hinten an den Gewändern befestigen. Am linken König die beiden Teile des grünen Mantels auf dem roten Kleid anbringen. Den blauen Besatz festkleben, dabei die Hände mit der Kassette unter die beiden blauen Streifen schieben. Bei den restlichen Figuren ebenfalls einen Pelzbesatz montieren (s. Abb.). Den weißen Pelz des mittleren Königs zusätzlich mit schwarzen Punkten (Lochzange!) bekleben und ein hellblaues Kleid von hinten dagegenkleben. An allen Figuren die Schuhe und an den beiden rechten jeweils die Hand mit dem Gefäß ergänzen.

4 Zwei Könige erhalten Haare aus dunkelbraunem Canson und Kronen aus gelbem Tonkarton, der dritte einen weißen Turban mit schwarzen Streifen. Die Gesichter mit Filzstift zeichnen.

5 Die Könige so am Rahmen befestigen, daß die Köpfe den Querstab berühren. Den Rundbogen mit gelben Sternen aus Tonkarton dekorieren und die Rückseite des Fensterbildes entsprechend ausgestalten.

Weihnachtlicher Packesel

VORLAGE

Motiv E

MATERIAL

- *Tonkarton in Grau, Rot, Hellgrün*
- *Canson in Gelb, Grün, Blau, Weiß, Schwarz*
- *Mikro-Wellpappe in Rot, Gold, Rotviolett, Blauviolett*
- *schwarzer und naturfarbener Bast*
- *schwarzer Filzstift*
- *Kraftkleber*

1 Kopf, Körper und linkes Ohr des Esels aus grauem Tonkarton doppelt ausschneiden, das rechte Ohr einfach fertigen. Beide Teile des Körpers deckungsgleich verbinden. Beidseitig den Kopf anbringen und das rechte Ohr einschieben, dabei den Klebstoff weit hinter der Kante auftragen, so daß die Wangenkontur plastisch absteht.

2 Für die Mähne die Halslinie etwa 0,5 cm breit nach und nach mit Holzleim einstreichen (Endmarkierungen auf der Vorlage beachten!), den schwarzen Bast in etwa 3 cm hohen Schlingen dicht an dicht legen (s. Zeichnung 1) und darauf festdrücken, dann zu kurzen Borsten abschneiden (s. Zeichnung 2). Auf der Bildrückseite wiederholen. Das linke Ohr beidseitig ergänzen. Für die Schwanzhaare jeweils zwei etwa 8 cm lange Bastfäden zur Hälfte knicken und von beiden Seiten gegen den Schwanz kleben.

3 Decke und Pakete aus Tonkarton, weitere Pakete, den Korb und das Zaumzeug aus Wellpappe doppelt zuschneiden, dabei den Rippenverlauf beachten.

4 Die rote Decke und die schwarzen Fußteile anbringen. Das Auge aus einer schwarzen Grundfläche, weißem Augapfel und schwarzer Pupille gestalten. Die Nüstern mit Filzstift zeichnen. Das rote Geschirr und die Zügel befestigen, mit einer gelben Schnalle schmücken.

5 Den Korb aus goldfarbener Wellpappe senkrecht einschneiden (s. Vorlage) und drei Streifen mit waagerecht verlaufenden Rippen versetzt einflechten an beiden Seiten und am oberen Rand mit Kraftkleber befestigen. Den Korb seitlich und unten ankleben, dabei den naturfarbenen Bast, der um das mit Sternen dekorierte Paket geknotet ist, einfügen.

6 Alle weiteren Pakete mit farbigen Bändern aus Tonpapier schmücken, in den Korb stecken und festkleben. Zuletzt die Tannenzweige ergänzen. Die Rückseite gegengleich vervollständigen.

1

2

Sternenengel

1 Aus doppelt gelegtem weißem Tonkarton den Rahmen schneiden. Die Wolke mit weißem Transparentpapier hinterlegen und die beiden Rahmenteile aufeinanderkleben.

2 Für den Engel alle Einzelteile aus Tonkarton, Tonpapier, Canson und Wellpappe zweifach anfertigen.

3 Den Kopf mit dem Hals verbinden und von hinten an dem türkisfarbenen Kleid anbringen, ebenso die Hände und Füße. Das Gesicht mit Filzstift zeichnen und die Wangen mit rotem Wachsmalstift betonen. Die dunkelblauen Musterteile mit nur wenigen Punkten Klebstoff auf dem Kleid befestigen.

4 Für die Haare ca. 26 gelbe Stickgarnfäden von etwa 14 cm Länge zuschneiden. Den Kopf nur oben und an den seitlichen Rändern dünn mit Holzleim bestreichen, damit die Haare sonst lose bleiben (s. Seite 9). In der gewünschten Länge abschneiden und die obere Klebestelle mit einem goldenen Stern verdecken.

5 Die goldenen Flügel aus Wellpappe von hinten mit Holzleim an das Kleid montieren (s. Vorlage). Den Engel in den Rahmen setzen, dabei darauf achten, daß der rechte Flügel vom Rahmen gehalten wird. Die gelben Sterne ergänzen, den unteren auch an der Wolke befestigen.

6 Auf der Rückseite den Engel deckungsgleich ergänzen. Beim Gegenkleben des Kopfes seitlich für die Enden des Stirnbandes eine Öffnung lassen. Die Haare auf der Rückseite anbringen, ein goldenes Band vorne und hinten um die Stirn knoten und die Enden seitlich einstecken.

Motiv a

Vorlage

Motiv F

Material

- *Tonkarton in Weiß, Gelb*
- *Tonpapier in Dunkelblau*
- *Canson in Türkis, Rosé*
- *Mikro-Wellpappe in Gold*
- *Transparentpapier in Weiß*
- *schmales Goldband*
- *gelbes Leinen- oder Baumwollstick-garn*
- *schwarzer Filzstift*
- *roter Wachs-malstift*

Weihnachtsbaum

VORLAGE

Motiv G

MATERIAL

- *Tonkarton in Dunkelgrün*
- *Mikro-Wellpappe in Rot, Gold*
- *Stickgarn in Gold*

- *Lochzange*
- *Stopfnadel*
- *Nadel und Faden*
- *evtl. Nähmaschine*
- *Locheisen*

1 Den Weihnachtsbaum von der Vorlage auf dunkelgrünen Tonkarton übertragen und doppelt zuschneiden. An beiden Teilen Kreise von etwa 8 mm Durchmesser (Locheisen!) ausstanzen, die markierten Löcher für die Girlande mit einer dicken Nadel vorstechen.

2 Die Baumteile aufeinanderlegen und an der Mittellinie mit einer Nähmaschine oder von Hand durchnähen. Den doppelten Nähfaden oben für die Aufhängung erst nach etwa 20 cm abschneiden. Die Flächen hochknicken, so daß ein plastischer Baum entsteht.

3 Vier Stickgarnfäden jeweils auf allen vier Seiten durch die Löcher einer Reihe ziehen und zunächst mit einer Schleife zusammenbinden.

4 Einen doppelten Stern aus goldfarbener und 28 Herzen aus roter Wellpappe zuschneiden (die Rippen verlaufen schräg). Die Aufhängestreifen der Herzen an der markierten Stelle umknicken und alle Herzen, wie auf der Abbildung gezeigt, auf die Fäden hängen. Das Ende der Streifen an den Herzen festkleben, so daß sich diese auf den Fäden noch schieben lassen. Den Stern an der Baumspitze am Aufhängefaden anbringen.

5 Die Länge der Goldfäden noch einmal regulieren (sie sollten etwas durchhängen), dann endgültig verknoten und die Enden jeweils unter den Aufhängestreifen eines Herzens stecken.

Nachtwächter

Vorlage

Motiv H

Material

- *Tonkarton in Blau, Rot, Schwarz, Gelb, Braun*
- *Canson in Rosé*
- *Mikro-Wellpappe in Rot, Silber*
- *naturfarbenes Leinenstickgarn*
- *dünner Bindfaden*
- *schwarzer Filzstift*

- *Grafikermesser*
- *Bürolocher*
- *Lochzange*
- *Klebefilm*

1 Die Standfläche für den Nachtwächter aus rotem Tonkarton einfach zuschneiden, alle weiteren Bildteile doppelt aus Tonkarton, Canson und Wellpappe anfertigen.

2 Den Kopf, den rechten Arm und die Hosenbeine mit den Stiefeln von hinten an dem blauen Mantel anbringen. Den Laternenarm nur an der Schulter festkleben. An Ärmeln und Stiefeln den roten bzw. gelben Besatz ergänzen. Den zweiteiligen Umhang aus roter Wellpappe anbringen und mit einem blauen Streifen betonen. Sechs gelbe Knöpfe auf dem Mantel anordnen.

3 Für den Mund mit dem Grafikermesser einen ovalen Ring aus rotem Tonkarton ausschneiden, aufkleben und die innere Öffnung mit schwarzem Filzstift ausmalen. Die Nase aus sechs aufeinandergeklebten Locherpunkten bilden. Zwei mittelblaue Kreise (4 mm Durchmesser) und zwei kleinere weiße Kreise (Lochzange) ergeben die Augen. Mit Filzstift Augenbrauen zeichnen.

4 Für die Haare ca. 18 Stickgarnfäden von etwa 12 cm Länge zuschneiden und oben am Kopf festkleben (s. Zeichnung auf Seite 9), dann die Frisur auf die gewünschte Länge kürzen. Mit der blauen Mütze die Klebestellen verdecken, einen schwarzen Schirm und farbige Schmuckteile anbringen.

5 Die braune Laterne mit Gelb hinterkleben und an einem Bindfaden mit einem Stück Klebefilm von hinten an der Hand befestigen.

6 Die Figur auf der Standfläche anbringen und den doppelt geklebten Stab der Hellebarde ergänzen, das untere Ende auf der roten Fläche befestigen. Die silberne Barte aus Wellpappe so ankleben, daß die glatte Seite des Materials zu sehen ist. Eine schwarze Spitze aus Tonkarton bildet den Abschluß.

7 Dem "Räuchermännchen" eine braune Pfeife mit aufgeklebtem Deckel an den Mund setzen. Die Figur auf der Rückseite entsprechend gestalten.

Kerzen im Schuh

VORLAGE

Motiv J

MATERIAL

- *Tonkarton in verschiedenen Grüntönen, Rot, Gelb*
- *Canson in Grün*
- *Mikro-Wellpappe in Gelb, Rot, Gold*
- *Stickgarn in Gold*

1 Alle Bildteile für den Schuh, die Kerzen und die Zweige aus Tonkarton und Mikro-Wellpappe doppelt anfertigen, nur die hochstehenden Tannenzweige aus Canson und der Lichterschein beider Kerzen werden einfach geschnitten.

2 Den roten Schuh aus Tonkarton mit einer Sohle und einem Besatz aus roter Wellpappe versehen. Für beide Kerzen die doppelt geschnittenen Teile aus gelber Wellpappe deckungsgleich aufeinanderkleben, dabei jeweils den Lichterschein, die goldene Flamme und an der höheren Kerze auf halber Höhe einen Tannenzweig einschieben.

3 Die Kerzen von hinten an dem Schuh befestigen, dann die anderen Teile dekorieren. Zunächst die beiden äußeren Tannenzweige hinten ankleben, danach alle hellgrünen Stengel und zuletzt die Ilexzweige und das über den Schuhrand hinausragende Grün einfügen.

4 Die Bildteile auf der Rückseite gegengleich anbringen, dann auf beiden Seiten mit roten Beeren und goldfarbenen Kreisen dekorieren. Zwei Herzen aus goldfarbener Wellpappe schneiden, mit Stickgarn auffädeln und jeweils über einen Tannenzweig hängen.

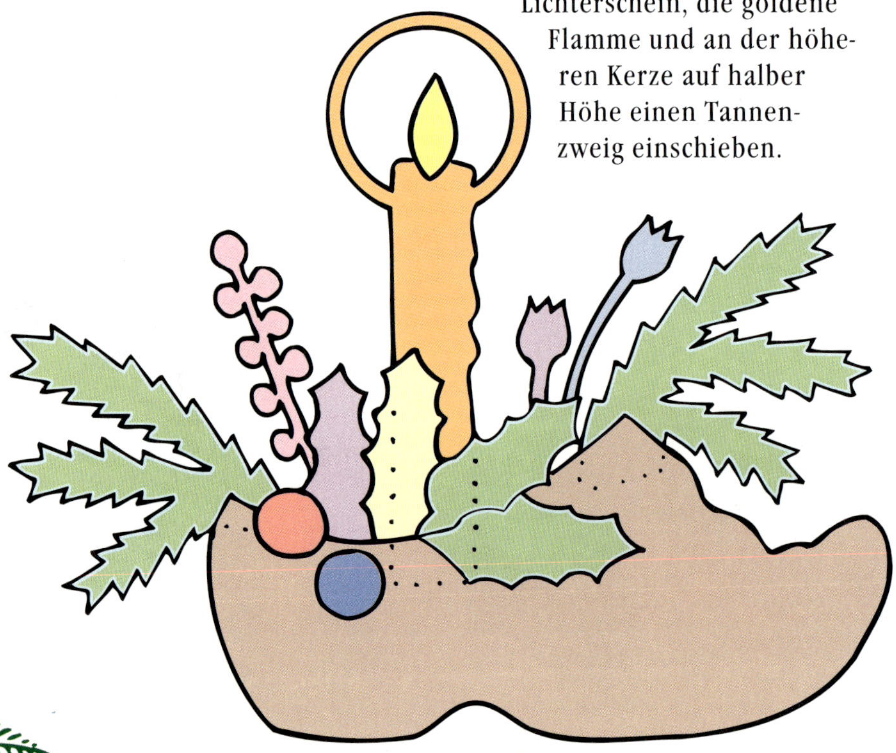

Motiv b

27

Geschmücktes Haus

Vorlage

Motiv K

Material

- *Tonkarton in Violett, Hellgrün*
- *Bristolkarton in Weiß*
- *Canson in Grün*
- *Tonpapier in Rot, Dunkelgrün*
- *Mikro-Wellpappe in Rot, Blau*

- *Grafikermesser*
- *Bürolocher*

1 Die Grundform für das Haus aus einer Doppellage Tonkarton anfertigen, dabei die Fensteröffnungen entlang der gestrichelten Linien mit einem Grafikermesser heraustrennen. Die beiden Teile deckungsgleich aufeinanderfügen.

Motiv c

2 Fensterrahmen und Giebelschmuck aus weißem Bristolkarton, die Tür aus Tonkarton, Tannenbäume und Kranz aus Canson, das Dach, Schmuckstreifen, Treppen und Blumentöpfe aus Wellpappe (Rippenverlauf beachten!) ebenfalls zweifach herstellen.

3 Das rote Dach beidseitig auf das Haus kleben und den Giebelschmuck anbringen. Alle Fensterrahmen montieren und auf der Rückseite ergänzen. Die Haustür mit Kassetten aus dunkelgrünem Tonpapier versehen, darunter die roten Treppenstufen befestigen.

4 Die Front des Hauses mit blauen Schmuckstreifen bekleben (s. Abb.), mit Tannenbäumen in Töpfen und dem Kranz dekorieren. Den Kranz mit einer roter Schleife und die Bäume mit roten "Kugeln" (Locherpunkte) schmücken.

5 Auf der Bildrückseite die noch fehlenden Teile anbringen.

Gans mit Paket

VORLAGE

Motiv L

MATERIAL

- *Tonkarton in Rot, Weiß, Gelb*
- *Mikro-Wellpappe in Blau, Rot, Grün*
- *Geschenkband in Gold*
- *schwarzer Filzstift*
- *Bürolocher*

1 Den Rahmen aus doppelt gelegtem rotem Tonkarton anfertigen und beide Rahmenteile deckungsgleich zusammenkleben. Die Einzelteile für Gans, Paket und Ilexblätter aus Tonkarton und Wellpappe zweifach schneiden.

2 Das blaue Paket auf dem Querbalken des Rahmens befestigen (s. Vorlage) und das Teil von der Rückseite gegenkleben. Ein schmales Goldband um das ganze Paket knoten und vorne, wie auf der Abbildung gezeigt, eine Schleife binden. Ein Ende des Bandes etwa 10 cm lang lassen.

3 Die Gans so auf dem Paket anbringen, daß der Schwanz den Rahmen berührt. Einen Flügel mit wenigen Punkten Klebstoff nur an der Rundung befestigen, die Federn stehen lose ab. Fuß und Schnabel aus gelbem Tonkarton ergänzen und dabei das Bandende mit festkleben (s. Abb.). Die Gans mit einer roten Schleife aus Wellpappe schmücken.

4 An der Spitze des Rahmens drei Ilexblätter anbringen und rote Punkte (Locher) darauf verteilen. Mit schwarzem Filzstift der Gans ein Auge zeichnen. Die Rückseite gegengleich ergänzen.

Weihnachtliche Grußkarten

VORLAGEN

Motive a–d
s. S. 14, 20, 26, 28

MATERIAL

- *Doppelkarten in Violett, Rot, Grün, Goldgelb mit passenden Umschlägen (aus dem Papierhandel)*
- *Tonkarton in Rot, Hellgrün, Hellblau, Mittelblau, Dunkelblau, Ocker*
- *Canson in verschiedenen Grüntönen, Weiß, Rosé, Gelb, Braun*
- *Goldfolie*
- *schwarzer Filzstift*

- *Grafikermesser*

Engel

An dem weißen Kleid aus Canson die Armlinien einschneiden und mit wenigen Punkten Klebstoff auf der Karte anbringen. Dabei die Flügel aus mittelblauem Tonkarton und die Füße von hinten festkleben.
Das Gesicht anbringen und die Hände an die Arme kleben, die lose abstehen. Den großen Goldstern mit einer Spitze an eine Hand kleben. Die gelben Haare und den kleinen goldenen Stern ergänzen. Mit Filzstift das Gesicht zeichnen. Das Kleid mit einem mittelblauen Muster dekorieren.

Schuh

Den Schuh aus rotem Tonkarton, die grünen Blätter und die gelbe Kerze aus Canson zuschneiden. Den Schuh nur an der vorderen und an der hinteren Kappe auf der Karte festkleben. Die Kerze mit Schein anbringen und mit einer weißen Flamme versehen. Die ockerfarbenen Stengel einstecken, erst dann die grünen Blätter und Zweige dekorieren und den Schuh mit zwei goldenen Kreisen schmücken.

Haus

Die Grundform des Hauses aus weißem Canson zuschneiden, die Fensterflächen herausschneiden. Das rote Dach aufkleben und den blauen Giebelschmuck anbringen. Die Haustür aus hellblauer Grundfläche und dunkelblauem Rahmen gestalten. Die hellgrüne Treppenstufe ergänzen und das Haus mit zwei Tannenbäumen mit roten "Kugeln" und einem grünen Kranz mit roter Schleife dekorieren.

Weihnachtsmann

Aus hellgrünem Tonkarton das Rad fertigen, auf die Karte kleben und mit goldenen Radnaben schmücken. Die rote Mantelfläche befestigen und beide Arme so anbringen, daß die Hände die Lenkstange fassen.
Den Kopf aus roséfarbenem Canson und die rote Mütze ankleben. Die braunen Stiefel, den gesamten Pelzbesatz und den weißen Mützenbommel ergänzen. Einen weißen Bart und eine rote Nase ankleben, die Augen mit schwarzem Filzstift zeichnen.

Eisbärmutter mit Kind

Vorlage

Motiv M

Material

- *Tonkarton in Weiß*
- *Canson in Schwarz*
- *Mikro-Wellpappe in Schwarz*
- *dünner roter und blauer Baumwollstoff (einfarbig oder kleingemustert)*
- *schwarzer Filzstift*

1 Alle Bildteile für den kleinen und den großen Eisbären aus doppelt gelegtem weißem Tonkarton ausschneiden. Die Körper deckungsgleich aufeinanderfügen, dabei die Bauchseiten vom Hals ab 6 cm bzw. 8 cm offen lassen.

2 Dem großen Bären den linken Arm und das linke Bein aufkleben, den rechten Arm zwischen Vorder- und Rückseite einschieben. Die Ohren bei beiden Bären ankleben, zuvor ein sichelförmiges schwarzes Teil daruntersetzen. Jedem Tier eine Schnauze aus schwarzem Canson aufkleben und mit Filzstift Augen und Bartstoppeln zeichnen.

3 Die Bären mit einem doppelt geschnittenen Autoreifen aus Wellpappe verbinden. Diesen zunächst auf dem großen Bären befestigen, dann bei dem kleinen Bären zwischen Vorder- und Rückseite stecken (s. Abb.). Den Arm des Bärenkindes so befestigen, daß die Tatze lose auf dem Reifen liegt. Das Fensterbild auf der Rückseite vervollständigen.

4 Für beide Eisbären Tücher anfertigen (s. Seite 7) und jeweils um den Hals knoten.

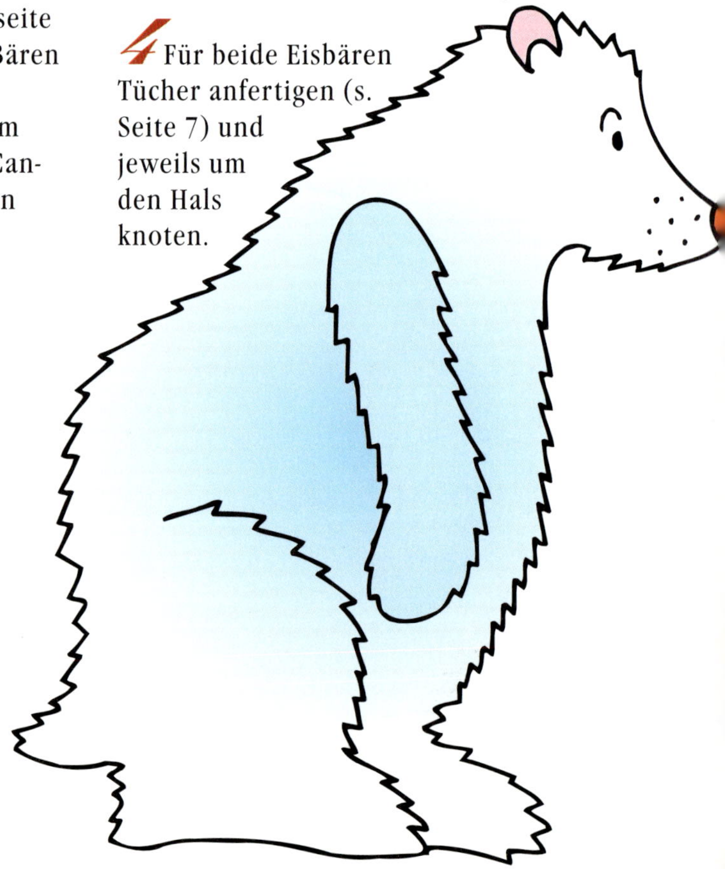

Eskimo

Motiv e

VORLAGE

Motiv N

MATERIAL

- *Tonkarton in Weiß, Blau, Rot*
- *Tonpapier in Hellgrün*
- *Canson in Rosé, Braun, Blaugrau, Schwarz*
- *Mikro-Wellpappe in Silber, Gold, Rot*
- *schwarzer Filzstift*

1 Rahmen und Eisscholle aus weißem Tonkarton zweifach anfertigen. Die beiden Rahmenteile deckungsgleich gegeneinanderkleben. Auf der Vorder- und Rückseite die Eisfläche anbringen.

2 Für den Eskimo sämtliche Bildelemente aus Tonkarton, Tonpapier, Canson und Wellpappe doppelt schneiden, nur die linke Hand wird einfach gefertigt. Die Figur nach der Vorlage aus Kopf, blauer Jacke, blaugrauer Hose und roten Stiefeln zusammenfügen.

3 Die Jacke mit Passe und Streifen aus hellgrünem Tonpapier, mit roten Streifen und roten Knöpfen sowie einem silbernen Besatz aus Wellpappe schmücken. Die Stiefel erhalten blaue Bänder aus Tonkarton. An den Armen die roten Fäustlinge von hinten befestigen. Die Haare aus schwarzem Canson an den Kopf kleben. Den silbernen Mützenbesatz so anbringen, daß sich die runde Innenlinie mit der Halsrundung der Jacke zu einem Kreis schließt (s. Abb.). Mit Filzstift das Gesicht zeichnen.

4 Den Eskimojungen so im Rahmen befestigen, daß die Füße auf der weißen Fläche stehen und der Kopf die Quersprosse berührt. Die Figur neigt sich dabei leicht nach links.

5 Den doppelt geklebten goldenen Fisch auf einen Faden ziehen und an der Hand des Eskimos festknoten. Aus braunem Canson den Hund fertigen. Mit einem rotem Halsband ausstatten, das Auge einzeichnen und an der rechten Außenecke des Rahmens anbringen. Das Bild auf der Rückseite entsprechend ergänzen.

Rabe auf Schlittschuhen

VORLAGE

Motiv O

MATERIAL

- *Tonkarton in Schwarz, Hellrot*
- *Tonpapier in Weiß*
- *Mikro-Wellpappe in Gelb, Grün, Silber*
- *rotes Atlasband*

- *Lochzange*

1 Die Einzelteile des Raben mit Ausnahme der roten Beine aus Tonkarton, Tonpapier und Wellpappe doppelt zuschneiden. Bei der Wellpappe den Rippenverlauf beachten.

2 Den Schnabel aus rotem Tonkarton am Kopf befestigen, dabei die obere Hälfte teilweise über die untere legen. Die Beine von hinten an den Körper kleben, die grünen Stiefel mit silbernen Schlittschuhen aus Wellpappe ergänzen. Gelbe Stiefelkappen anbringen. Das Auge aus weißer Grundfläche und schwarzer Pupille gestalten.

3 Den Flügel nach der Vorlage am Körper befestigen, zuvor den unteren Rand mit einem weißen Streifen hinterkleben. Aus gelber Wellpappe einen Schal anbringen, mit einem gelben Knoten und grünen Streifen verzieren.

4 Den Raben auf der Rückseite deckungsgleich vervollständigen. In die Stiefel jeweils ein Loch einstanzen, ein etwa 15 cm langes rotes Band einziehen und zur Schleife binden.

Motiv h

Herr und Frau Schneemann

VORLAGE

Motiv P

MATERIAL

- *Tonkarton in Weiß, Rot, Blau*
- *Canson in Schwarz, Orange*
- *Mikro-Wellpappe in Rot, Blau, Braun*
- *dünner Bindfaden*
- *Borsten vom Handfeger*
- *naturfarbenes Baumwollstickgarn*
- *schwarzer Filzstift*

Tip: Die Rückseite der Schneefrau ohne Muff arbeiten, da das Bild sonst sehr dick wird. Oder nur aus rotem Tonkarton einen Muff andeuten.

1 Alle Motivteile auf Tonkarton, Canson und Wellpappe übertragen und zweifach herstellen.

2 Jeder Schneefigur einen Hut aufsetzen, die Enden der Hutkrempen hinten an den Köpfen befestigen. Mit Hutbändern und Blumen aus Wellpappe dekorieren. Gesichter mit Filzstift zeichnen und orangefarbene Nasen aufkleben. Den Schneemann mit einem roten Schal (dreiteilig), die Schneefrau mit einem blauen Halstuch (zweiteilig) schmücken.

3 Bei beiden Figuren die Arme nur im Schulterbereich ankleben. Die Handschuhe mit Streifen aus Wellpappe versehen und an den Armen so befestigen, daß diese im unteren Bereich lose bleiben. Die schwarzen Knöpfe ergänzen.

4 Für den Muff ein 5 x 10 cm großes Stück rote Wellpappe zu einer Rolle biegen und die Enden etwa 2 cm weit übereinanderkleben. An einen 43 cm langen Bindfaden knoten und um den Hals der Schneefrau legen (s. Abb.). Beim Schneemann den Besenstiel aus brauner Wellpappe an der Schulter, hinter der Hand und am Fuß befestigen.

5 Beide Figuren auf der Rückseite dekkungsgleich ergänzen. Die Köpfe seitlich etwas offen lassen, dort werden die Enden der rückwärtigen Hutkrempen eingesteckt. Die Handschuhe an den gestreckten Armen der Figuren nur am oberen Rand befestigen, damit sie ineinander gesteckt werden können. An dem doppelten Besenstiel von beiden Seiten mit Stickgarn einige Borsten festbinden.

Moti

Schlittenfahrt

VORLAGE

Motiv Q

MATERIAL

- *Tonkarton in Weiß, Rot, Grün, Gelb*
- *Canson in Blau-Türkis, Rosé*
- *Mikro-Wellpappe in Rot, Grün, Braun*
- *gelbes Baumwoll- oder Leinen-stickgarn*
- *dünner Bindfaden*
- *schwarzer Filzstift*

1 Den Rahmen aus weißem Tonkarton doppelt anfertigen und deckungsgleich aufeinanderfügen. Alle farbigen Bildteile aus Tonkarton, Canson und Wellpappe zweifach zuschneiden.

2 Die Figuren ohne die Mützen entsprechend der Vorlage zusammenfügen, zuletzt die Arme mit den Händen jeweils nur an der oberen Rundung festkleben.

3 Für die Haare jeweils 8 –12 gelbe Stickgarnfäden von etwa 3 cm Länge zurechtschneiden und oben an den Köpfen der Kinder anbringen. Die Klebestellen mit den Mützen abdecken, mit Filzstift die Augen zeichnen.

4 Zunächst den größeren Jungen so in den Rahmen fügen, daß seine Mütze einen Ast berührt. Das kleine Kind auf den Schlitten setzen und ebenfalls am Rahmen anbringen, die vordere Schlittenrundung lose lassen.

5 Als Seil einen Bindfaden von etwa 12 cm Länge an einem Ende zur Schlinge knoten, das andere Ende von hinten an der Kufenrundung festkleben. Die Schlinge über die Hand des großen Jungen streifen und das Bild mit drei braunen Vögeln aus Wellpappe vervollständigen.

6 Das Fensterbild von der Rückseite entsprechend gestalten.

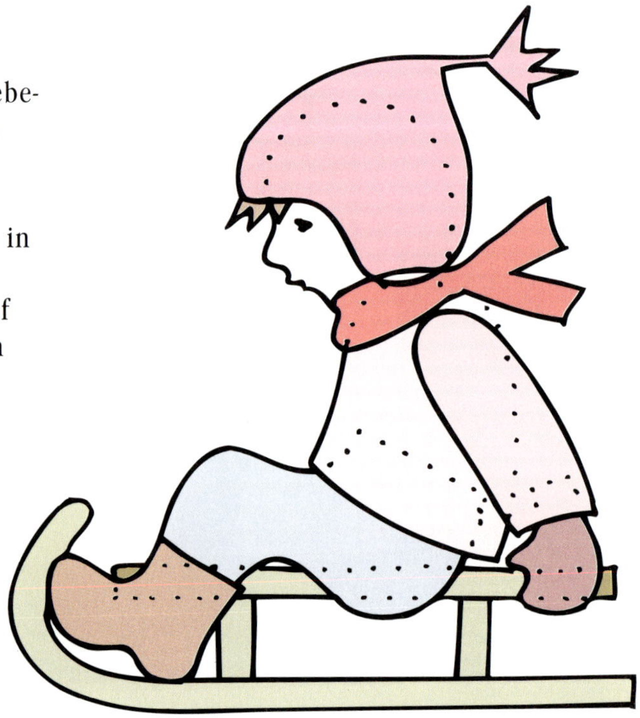

Drei Pinguine

Vorlage

Motiv R

Material

- *Tonkarton in Weiß, Orange*
- *Canson in Schwarz*
- *Mikro-Wellpappe in Rot, Grün, Gelb*
- *Transparentpapier in Weiß*

- *Lochzange*

1 Aus doppelt gelegtem weißem Tonkarton den Rahmen schneiden. Die transparente Fläche einfügen und beide Rahmen deckungsgleich aufeinanderkleben.

2 Für die Pinguine alle Einzelelemente aus Tonkarton, Canson und Wellpappe zweifach anfertigen.

3 Bei allen drei Figuren die schwarzen "Frackteile" auf die weißen Bäuche kleben. Die sechs Flügel entsprechend der Vorlage nur jeweils am Flügelansatz befestigen, dabei gleichzeitig die beiden äußeren Pinguine an dem mittleren anbringen.

4 Jeden Pinguin mit einem orangefarbenen Schnabel aus Tonkarton und weißen und schwarzen Augenpunkten (Lochzange!) versehen. Die Füße ergänzen. Alle Pinguine erhalten eine Mütze und den dazu passenden Schal aus Wellpappe (s. Abb.).

5 Die Dreiergruppe so in den Rahmen setzen, daß die Mützen der beiden äußeren Pinguine den Rahmen seitlich berühren. Die noch fehlenden Bildteile auf der Rückseite dagegenkleben.

Motiv f

Grußkarten zur Winterszeit

VORLAGE

Motive e-h
s. S. 36, 38, 40, 44

MATERIAL

- *Doppelkarten in Weiß, Hellgrün, Türkis, Mittelblau mit passenden Umschlägen (aus dem Papierhandel)*
- *Tonkarton in Blau*
- *Canson in Weiß, Schwarz, Hellrot, Gelb, Grün, Rosé, Orange*
- *Silberfolie*
- *schwarzer Filzstift*

- *Lochzange*

Eskimo

An dem Körper aus blauem Tonkarton den Kopf und die Füße aus Canson anbringen und die Figur mit nur wenigen Punkten Klebstoff auf der Karte befestigen. Die schwarzen Haare, den weißen Pelzbesatz und die roten Knöpfe aus Canson ergänzen. Das Gesicht mit Filzstift zeichnen.

Schneefrau

Alle Teile für die Schneefrau aus weißem und rotem Canson sowie aus blauem Tonkarton anfertigen. Die Figur mit dem roten, geschmückten Hut versehen und auf der Karte anbringen. Gesicht und Knöpfe mit schwarzem Filzstift zeichnen und eine orangefarbene Nase aufkleben. Die Arme lose aufkleben und in den blauen Muff aus Tonkarton stecken. Ein blaues Halstuch fixieren.

Pinguin

Den schwarzen "Frack" auf dem weißen Bauch anbringen und den Pinguin mit einem gelben Schnabel und gelben Füßen vervollständigen. Augen aus weißen und schwarzen Locherpunkten kleben und den Pinguin mit roter Mütze und Schal schmücken. Die fertige Figur auf der Karte anbringen.

Rabe

Den schwarzen Körper mit einem schwarzen Flügel, roten Schnabel und roten Beinen bekleben. Die Schnabellinie mit Filzstift einzeichnen. Den Vogel mit nur einem Punkt Klebstoff auf der Karte befestigen und grüne Stiefel mit silbernen Schlittschuhen an den losen Beinen anbringen. Einen gelben Schal und gelbe Stiefelkappen ankleben und das Auge aus einem weißen und einem schwarzen Locherpunkt fertigen.

Birgit Utermarck, die mit ihrer Familie in der Nähe von Hannover lebt, ist ausgebildet als Berufsschullehrerin für Textilgewerbe. Seit fast zwanzig Jahren gibt sie Kurse für Textil- und Papiergestaltung. Bei Christophorus hat sie erfolgreiche Bücher zum Thema „Papierschmuck" veröffentlicht.

ISBN 3-419-53555-4

Styling und Fotos: Roland Krieg, Waldkirch
Textredaktion: Dr. Ute Drechsler-Dietz
Zeichnungen: Birgit und Klaus Utermarck
Umschlaggestaltung: Network!, München
Produktion: Print Production, Umkirch
Druck: Proost, Turnhout 1996

CHRISTOPHOR
Hermann-Herder-Straße 4
79104 Freiburg i. Breisgau
Telefon: 0761 / 2717–268 od
Fax: 0761 / 2717–352